KB071124

바다로 간 강

책 만 드 는 집　시 인 선 1 0 2

바다로 간 강

이유경 시집

책만드는집

10년 만에 묶는 이 책이 나의 마지막 시집이 될 거라는 생각으로 열심히 정리해보았다. 시 쓰기가 어렵고, 나의 시들이 남에게 무슨 감동을 주겠는가 하는 근심과 무력감에서 벗어나고 싶어서 더 매달린 것 같다.

늘 세상을, 사물을 겸허한 시선으로 접하고, 또 내 나름 엄중하게 표현하려 했지만, 아직 마음에 차는 구석이 없다.

그러나 정리할 것은 정리하고 떠나야지, 하는 나의 의지는 이 책이 나오는 마지막 순간까지 지속될 것이다.

곁에서 도와준 나의 가족과 지인들에게 감사한다.

2017년 11월
이유경

| 차례 |

5 • 시인의 말

1부   이주자들

13 • 고검
14 • 바다의 혼
15 • 古木 보기
16 • 그리고 이 도시에서는
17 • 낙엽 몇이
18 • 낯선 하늘 아래서
19 • 먼지의 도전
20 • 그 쪽방 풍경
22 • 소나무 한 그루 사라짐
24 • 아는 얼굴들 다 어디로
26 • 옹주의 바다
27 • 무인도에서의 일
28 • 이주자들
29 • 폐촌 골목에서
30 • 지세포서 본 것

2부 너 없이 살기

33 • 바다로 간 강

34 • 그 텃밭 이제는

35 • 너 없이 살기

36 • 그 강변 떠나와서

38 • 나무들 떠나고

40 • 꽃사과나무 한 그루

41 • 그대 없이도

42 • 단상

43 • 버려진 길

44 • 빈집의 그리움으로

45 • 쉽게 헤어지기

46 • 시계와 눈물

47 • 우리 옛 여름

48 • 지구의를 돌리다 보면

49 • 피안에 가 있는 시인

3부 그해 봄에서 가을까지

53 • 이런 봄 하나

54 • 감나무 한 그루

55 • 그해 봄에서 가을까지

56 • 늦가을 흔적

58 • 산비탈 그 풍경

59 • 구절초 꽃밭에서

60 • 세상의 한끝

61 • 어디 가면 다시

62 • 여름 청계천

63 • 쥐똥나무꽃 향기

64 • 처음이 갈대밭

65 • 해바라기 씨앗

66 • 편지

67 • 이끼頌

68 • 내일도

69 • 문어처럼 살고 싶을 때가 있다

4부   데자뷔

73 • 촛불과 詩

74 • 나 살아 있음도

75 • 데자뷔 1

76 • 데자뷔 2

77 • 데자뷔 3

78 • 촛불의 춤

79 • 라이브

80 • 살아 있으니까

81 • 종이비행기 날리며

82 • 이 나의 비겁

83 • 장제장 굴뚝

84 • 나는 왜 늘 이럴까

85 • 내 시집들을 꺼내보면

86 • 독백

87 • 내 이 야비함을

5부   이렇게 갠 날에

 91 • 빛과 어둠

 92 • 나이 갈대밭에 와 있는 것

 93 • 이렇게 갠 날에

 94 • 수액의 꿈

 95 • 어떤 꽃은

 96 • 조개껍데기와 강

 97 • 폭풍 이튿날 해수욕장

 98 • 마른 넝쿨풀

 99 • 넝쿨풀의 손

100 • 명아주 풀에게

101 • 명아주 지팡이

102 • 물소리와 살기

103 • 가구처럼

104 • 미술관 뜰

106 • 꾸다가 만 꿈들

107 • 그는 떠나면서

108 • 해설_정미숙

1부
이주자들

고검 古劍

박물관에서 뼈만 남은 고검 한 자루를 본다

피투성이 시간들 녹슬어 떡이 되었고
첩첩한 어둠 한가운데서
무명 장수의 미라처럼 눕혀져 있지만

그의 뼛속 어딘가 시퍼런 날이 숨어 있다

바다의 혼

이 진주 속에 바다의 혼 하나 들어 있을 게다
파도와 암초 싸움 말리는 항구서
흘러온 것들 다 삼키고
육지 괴롭히는 우레도 잠재운 혼

작은 물고기들이 산호초 누비게 두니까
바다 밑은 더욱 찬란하였겠다

그 바다의 혼 애초엔 강을 훑던 수로였지만
더 낮은 땅으로 흐르다가
해협 골짜기도 배회하였을 테지만

조개껍데기의 순백 속살 속
그 혼 마침내 진주 한 알쯤은 품어줬을까?

古木 보기

구름에 가려 있던 별 두어 개 나와
신새벽 다시 일궈냈었고
그 고목 아직도 혼자 언덕을 지키고 있다
뼈 마디마디 시린 가슴팍으로
나무 앞에 서 있노라면
지난 시간들이 모두 그리워지는구나!
가지는 어찌 천 리 태풍 견뎌냈고
옛사람들 구천에서 잘 있는지
나는 알지 못한다
어떤 바위는 수수만년 묻혀서도
왜 아직 일어나지 못하고
초록은 또 고목 어디쯤에 간수됐는지

그리고 이 도시에서는

그리고 이 도시에서는 새들 다 떠난 듯하다
구걸의 노래 아무도 들어주지 않고
시민들 신발 곁으로는
자동차와 애완견들 무정하게 달리니까
먼지와 잎과 전자파에
곤충들이 떼죽음당하고 있으니까
길이란 길 다 유리벽에 막혀 있으니까

낙엽 몇이

낙엽 몇이 냇물에 쫓기듯 가고 있다
여울과 물막이들 두루 거치며

그들 여로의 끝 어딘지
아무도 모르게 하려고
어쩌다 수초에 잡힌다 해도
엄살떨다 더 빨리 달리려고
저렇게들 가고 있다
그들에겐 이끼의 공포 같은 건 없다
악취 드나드는 웅덩이에다
엉긴 꿈 토하고 뜨면 그만이니까
큰 강물 만나선 안녕 하고
안겼다가 떠나면 될 테니까

냇물이 멈추거나 말거나
낙엽끼리는 노래하며 가고 있다

낯선 하늘 아래서

괴석怪石 전시장 같다 카파도키아*고원
모든 것이 바위로 솟구쳤다 무너져 내렸거나
바람에 반역하는 형상이 되었거나
하늘은 가끔 청명한 세상 열어줬을 것이다
산 자들 다 어디로 갔느냐
해 뜰 무렵에 애드벌룬 두엇 띄워놓고
모른 척하고 누운 구름을 향해 물었다
시간은 스스로 제어 못 하니까
무명의 길도 끝은 막혀 있고
자갈들은 늘 제자리로 숨어들 것이니까

물줄기들은 모두 지하로 내려가
그들만의 풍속 답습하고 있을 테니까

*터키 중부지방 고원지대.

먼지의 도전

먼지가 하늘 가린 먹구름에 박혀 있다가
어서 내려서고 싶어서인지
소낙비 타고 비상착륙하였을 것이다

먼저 온 먼지들 종일 비바람에 시달렸거나
험한 황톳물 되어 떠다녔거나
풀숲 벌레들 예감을 곱씹으며
지푸라기와도 안녕! 하고 만났을 것이다
마른 것들은 축축한 층계 밑에서
세상을 도배하려고도 하였겠지만
아니다 아무것도 못 하였다
그들은 무잡해진 무기질이니까

그렇게 또 그렇게
먼지는 보람 없는 도전만 하였을 거니까

그 쪽방 풍경

그 쪽방서 거미처럼 살던 노인 하나
눈 쌓이는 새벽길 치우다가 동사하였다
마른 걸레쪽같이
곁에는 몽당빗자루가 쓰러져
눈 속에 갇혀서도
노인의 승천을 축복해주었겠다

신장개업한 병원 영안실 한 칸으로
상복 입은 청년 두서넛이 나타나
죽은 그를 치워놓고
무표정하게 조문객을 맞고 있다

버려진 휴지 뭉치 모양을 하고
장의 버스는 속절없이 굴러갔다
다시 겨울 내내
그 쪽방 문 닫혀 있었고

때에 절어 버려진 이불

그의 냄새 씻으며 누워 있던 것이나

또 새봄이 그 쪽방에 와서

서성이던 것 다 보여주었으리라

소나무 한 그루 사라짐

변덕스런 세상에 시달리면서도 높다랗게
뻗어갔던 그 소나무
초록 구슬 파라솔이었을 것이다
이 풍진세상 그리운 듯 내려다보면서
송진내 짙은 휘파람 섞어
우리 동네까지 산소 가닥을 이어주던

몹쓸 사람들! 주문받아 엮었으리라
황토 품 잠긴 잔뿌리 쳐내고
고무 끈과 철사로 포박해서
사람보다 긴 삶 지우개로 지우듯

킬킬대며 떠났던 그들도 나의 이웃
한 시대 같이 살고 있음이다

아깝고 또 미안하구나

소나무 한 그루 사라짐

아파트촌서 횡사한 산골 키다리 君子여

아는 얼굴들 다 어디로

아는 얼굴들 다 어디로 가 있는 걸까
십여 년 외딴곳에서 하루하루 보내다가
이 번잡한 광화문사거리 다시 와 서보니
주름진 얼굴 된 나만 산 것 같다

우리 기다려주던 사람이나 나무들
풍경 하나씩 바꾸며 없어져 갔고
옛것들 다 비켜서라! 며
새것들 차례로 와서 치장할 거고

그들끼리는 쉽게 친해지겠지
그렇지, 그들끼리는
그들 세상을 공들여 만들어가겠지
다음 또 다음

우리가 보낸 세월까지 지우면서

　　―너 여기서 무엇 하고 있느냐
누구 내 어깨라도 툭 쳐줬으면 싶다

옹주의 바다

짐승 같은 자들 앞에서 옹주는 또 울었다
망국을 실어 나르던 유폐의 바다
두려운 밤은 늘 거기서 비롯되었으니까
희망 없이 잠 깨는 타국 하늘 밑
깨달음이 무슨 소용 있겠는가, 이 원수의

바람 소리에도 소녀의 뼈 마디마디 다 아렸다

제 오장육부도 무너져 있을 것입니다
머나먼 궁궐 속 불쌍한 내 아버지

덕혜옹주의 바다는 실어失語와 한으로 가득 차
서른일곱 번의 사계
출렁이다 고혼 되어서 갔고,

대마도 그 뜰엔 낙엽들이 저벅대고 있다

무인도에서의 일

남해안 무인도 작은 바위산 올라본 적 있다
부서져 마른 파도의 형해形骸와
해초와 낚싯줄과 라면 찌꺼기가
서로 탓하고 있었지만 적막 자체였다

나는 돌밭에 누운 그림자로나 서성이다가
섬에 쌓인 시간 같은 것 잊기로 하였다

갈매기의 은빛 날갯짓을 구경하듯
흙과 생물 모두 침탈되고서
노을 앞에 선 산 지워지듯
어둠은 속세를 기쁘게 할 수 없듯

그 무인도서의 일 나에겐 긴 상처였다

이주자들

복개 콘크리트를 걷어내고 만든 뉴타운 천변에 낯선 풀꽃들이 돋아났다. 연보라 수레국화 개양귀비 미니 나팔꽃 등등. 그 이듬해 가을엔 검푸른 코스모스가 언덕을 뒤덮어 죄다 씨앗 맺는 듯하였지만, 올해엔 달맞이꽃들이 그 자리 차지하고 대낮에도 샛노란 꽃술 뿜내고 있다.

누가 그들을 이주시켰다가
왜 다른 꽃들로 바꿔치는 것일까

폐촌 골목에서

사람 다 내보낸 집과 골목이 모여 서서
지난 세월을 탄식하고 있다
쑥대밭이 묘지처럼 번지면서
사람 산 흔적들을 멀리멀리 지워갔고
길게 트인 하늘 아래선
오늘 먼지 한 톨 안 떨어지고 있다
하지만 밤 하나가 또 다른 밤을 만나
새벽까지 어울리거나
비바람 그칠 때를 부를 것이니
여기쯤에서 예감은 접어두기로 하자
사람들 친숙한 수인사 곁
새 집과 도로 눈부신 등장을 위하여

지세포서 본 것

지세포 앞바다가 저토록 잠잠한 것은
외해 간 배들 안 돌아온 탓이다
방파제가 오래 손짓을 하고 있지만
갈매기조차 종적 감춘 탓이다

수평선이 하늘 끝 갈무리한 탓도 있다

아침 햇살 딛고 검푸르게 차오른 물
선착장 가까이서 게 헤엄치는 거나
찌든 비닐들 펄럭임을 데리고
전시용 기선이 길게 내다본 탓이다

갓 마르기 시작한 풀잎과 내가
덧없이 헤어지는 것도 보였을 것이고

서울 오는 열차의 내 휴대폰에
자전거도둑 신현정 시인 부음이 떴다

2부

너 없이 살기

바다로 간 강

큰비 다음 날 빗물들 냇가로 모였겠지
흙탕 된 얼굴 서로 흘낏거리며
더 깊고 넓은 곳으로 가보자며
닥치는 급물살에 등 떠밀리기도 하였겠지
녹조나 악취 따위 뿌리치며
모래밭에든 초원에든 물길도 텄었겠지

바다에 간 강 아직도 헤매고 있으려나
항구가 쏟아낸 오물 뒤지거나
산호초 구석구석 쏘다니면서
떠나온 육지 또다시 올라가 보려고
　　　　　다들 힘겹게 올라가서는
이슬의 순정함 되찾아
목숨 안에서 숨 한번 거둬보려고

그 텃밭 이제는

먼 기억의 창이던 우리 텃밭 사라져버렸다
백 평 남짓 퇴비로 찌든 흙
쓰레기 더미처럼 실려 갔을 것이고!

낯설고 큰 집 한 채 저기
새 길 닦아놓고 주인인 척 앉아 있다

그 텃밭 이제는 어느 하늘 아래 가 있을까
내 어머니의 오랜 동무
올 봄여름에도 둘이서 채소나 가꾸며?

너 없이 살기

나 여기 불쌍한 몰골로 살고 있다
봄 주춤대듯 오던 것과
무작정 닥친 여름 만났다가
쌀쌀맞게 가는 가을 지켜보면서 나
모든 것 쉽게 해결하고 있다
적막한 새벽에 혼자 길 나서듯
오래전 네가 한 것처럼
세상에의 기억 다 지우려고
살아 있으니까, 살다 가기 위하여

그 강변 떠나와서

큰물 들어 쓰레기 더미 겁나게 떠가던 날
강변 떠나며 나 다 잊기로 하였다
근처 즐비한 비닐하우스들
순식간에 잠겨가던 것이나
모래언덕 순식간에 헐리던 일 등

아무 탈 없었던 일 셀 수 없이 많았다
도시 밑 악취 헤집는 하수와
계곡을 찾아 심란하게 생수 흘리던 숲
비바람 잠시만 스쳐도
눈물 철철 흘리는 잎들까지

더러운 강물이 바다 망치든 말든
초저녁잠 자두었다가
나 새벽까지 잠 못 들고 있다

이슬 질펀한 풀밭에 별똥별 꽂히듯

좋았던 꿈 아무 데나 탕진해버리듯

나무들 떠나고

그 집 뜰에 구색 맞추며 살던 나무들
처형이라도 받은 듯
삭발한 채 집 밖에 버려졌었고
그들 머물던 구덩이선
잔뿌리와 썩은 낙엽이
이별의 상처 따위 달래고 있었다

정든 사람들 흩어져 간 곳을 향해
냉소 섞인 바람 몇 자락
떠남을 항의하는 중이다
　─우리 어디서 뿌리내리고 살지?
씩씩하게 승차했다가
이내 풀 죽는 나무들
멀리 있는 내 눈에도 보였었다

그날부터 그곳 빈 뜰은

다가오는 여름과의

대면 몇 회쯤 비축해뒀을 것 같다

꽃사과나무 한 그루

아파트 뜰에 옮겨 심은 꽃사과나무 한 그루
지난봄에도 그는 꽃다발 한껏 치켜들고
서늘한 바람결 골라내
흥분한 꽃술 흔들며 열흘쯤 보냈겠지만

가을은 무정한 얼굴을 하고 그를 둘러쌌었다

허위의 만국기 축제 세상 겪었으니까
꽃에게도 배신당한 벌과 나비들
전자파의 바다서 절멸했으니까
흉내뿐인 사과나 보여줬을 뿐이니까

홀로된 자의 아침 같은
과실 꿈이나 꾸며 사는 꽃사과나무 한 그루

그대 없이도

그대 없이도 서울 하늘엔 별들 숨어서 다녔고
그대 없어서 봄여름이 가을을 추월해
아홉 번의 겨울 불러내더니
북한산 기슭에 눈 누더기 입히던 것도 보였다

그대 없으니까 강남북의 번화가선
낯선 건물들 자꾸 번쩍이고
구정물 쉼 없이 빠져나갔을 터였다

그대 없이 숨 쉬는 오늘의 나
새벽마다 오뚝이처럼 쉽게 일어나서
신통하게 하루 보내고 있는 것
멀리 있는 그대 지금 보고 있겠지?

단상

바다 바닥서 너무 오래 멈춰 있었던 탓일까
대보름달이 질린 얼굴을 하고
황급하게 떠올라 왔다
몰운대 아래 자갈밭에서는
술 취한 남자 몇이 낄낄대며 다니고
건너편 을숙도 갈대숲은
달빛 기둥 하나 세우다가 지우고 있다

버려진 길

한때 버려졌던 길 더 멀리 버려진 모양과
구름에 잡혀 머뭇거리던 해
어둠 속으로 쉽게 잠기는 것 봤었지
삼 년 전 섣달그믐 저녁
내 친구 혼자 사는 머나먼 산골 가서

사람 떠난 집 창으로도 아침 볕은 인사 왔고
언 잡초 비집고 몸 펼친 낙엽들
눈밭에다 초록 꿈 묻고 있어서
그의 삶은 끝! 방점 찍고 나 떠나왔었지

우리가 다녔던 갓길 풀밭 속엔 아직
흔적으로나 남아 있을까
환한 봄 대낮이거나 적막한 겨울밤
아무도 찾아가지 못하게
버려진 길들끼리는 서로 못 만나게

빈집의 그리움으로

K, 너의 기억 파일에 나는 어찌 투영됐을까

얼마나 많은 시간이 너를 가꿔줬고
무슨 힘으로 너는 세속의 그물 비켜왔는지
다 버리고, 물건으로 누운 내 친구
삼베 겉옷 안의 인격 모두 끝장났다

삶과 죽음의 고리 이리 간단하구나
너의 옷가지들 사정없이 버려졌듯

K, 네가 불렀던 노래와 아픈 詩들
나 오늘 빈집의 그리움으로 만나고 있다

쉽게 헤어지기

웃는 그의 영정사진 앞에 나는 시치미 뗐다
녀석, 설치더니 먼저 갔구나,
즐비한 조화들의 탄식에서 벗어나
그의 혼 이제 유랑객 되어
헌 집 문이나 두드리고 다닐 거야 하면서

늦가을이 병원 뜰 향나무 숲길 아래서
벌레 껍질이나 다독거릴 거고
길가 좀작살나무 보라색 열매들
겨울맞이하려고 탈색 서두를 테니까
이제 할 일 무엇이 남았지?
우리는 소주 한두 잔씩 권해 마시고
각자 도생으로 흩어져 갔다

죽은 자는 빨리 잊어야
산 자끼린 쉽게 헤어질 수 있을 테니까

시계와 눈물
─눈물은 멀고 먼 하늘에서 왔다*

오래된 서랍에서 고물 손목시계 하나를 찾았다
내 열등의 기억들이 돌아오고
아프고 달콤한 과거가 째깍째깍 지나가는

낭패와 후회의 나날 삭이며
얼마나 많은 한숨 삼켰는지

늘 새로운 것과 만나러 달리던 이 바늘의 꿈
유리판 밑에 영원을 구겨놓고 있다
시간의 끝이 어디인지 알려주면서

우리 한때도 저 하늘서 눈물방울이 돼 있을까?

* 김춘수 '제21번 悲歌'에서.

우리 옛 여름

우리 옛 여름은 저녁마다 지핀 마당 모깃불
매캐한 어둠 태우다 어둠에 묻히곤 하였다
하지만 모기들 밤새 나다니며
빈혈의 우리에게 악착같이 덤볐고

한 번쯤은 그때로 돌아갔으면 싶다

하지만 우리 가족 다시 모일 수 없게 됐고
일없는 별들의 밤들
어딘가에서 겹겹으로 쌓였을 거고
인연의 사슬 녹슬어 있을 테지만

도시 꿰뚫는 구정물 때문인지
가로등에 찢긴 어둠 때문인지
요즘 여름밤엔 모기 소리도 없어졌다

옛 동무들은 하나 둘 세상 떴을 것이고

지구의를 돌리다 보면

지구의를 돌리다 보면 사는 것 따분해진다
시간의 바퀴 따라 낮과 밤
땅과 물 단절돼 있음이 무의미해서다
사람은 왜 제 나라말로만 소통하고
지도 속 바다엔 왜 물 한 방울 없는지
수만 겹 바위가 쌓은 벼랑 아래서
우리가 성취할 수 있는 것이 무엇인지
눈먼 이 지구의론 알 수 없으니까
저기 세상은 귀가 먹어 돌아갈 것이니까

피안에 가 있는 시인

시인 이인수,* 그는 외톨이로 살다가 갔다
흔한 낱말들에 아픔 다 쏟았지만
심금 울려주는 詩 한 편 못 썼고
정든 사물 곁에서 한 사람 몫이 되어

무명無明에 묶여서 관 속에 들어갔던 그가
어젯밤에도 질책하듯
우리 쪽을 흘낏거렸을 것 같다
시인은 상상의 말 가다듬어
세상 홀린 거짓의 속내 밝혀야 한다! 며

* 시인 李仁秀(1928-2003).

3부
그해 봄에서 가을까지

이런 봄 하나

이런 봄 하나쯤은 만들어보고 싶었다

소나기 쏟아지는 어수선한 날
콘크리트 길 틈 조금 더 열어젖히고
얼었던 땅 풀리도록 기다리면

잡초 씨앗 두엇 낄 낄 낄 끼어들겠고

그래! 마른 가지로 보초 세우고
꽹과리 소리 쟁 쟁 쟁
벌과 나비 불러 잔치판 벌이면

샛노란 풀꽃들 춤추며 다닐 봄 하나

감나무 한 그루

우리 옛집 뒤뜰의 늙은 감나무 한 그루
있는 듯 없는 듯 서 있다가
가을엔 돌감 몇 개 매달아
어린 내게 단맛의 기쁨 안겨주었다

가지 끝에 서리 내리고
쉽게 겨울이 왔다가 어렵게 가던 일들

어머니는 새 창호지로 햇볕 불러
잔칫날 맞듯 봄 물들였고
나는 감꽃으로 주린 배를 채웠다

집도 감나무도 다 없어진 것
중년 넘어 고향 가서 봤지만

나 살면서 겪어온 풍경 중 하나다

그해 봄에서 가을까지

그해 봄 가뭄에 들판의 논들 밭이 되어갔다
호수는 땅 밑까지 스며갔고
중국발 황사 거푸 오더니
먼지가 연초록 세상 덮을 것 같았다

이어왔던 여름은 번번이
집중호우 뿌려 바다 곳곳에 구멍을 냈었지

비닐하우스들 홍수 누비듯 첨벙댔고
산사태 맞은 빈민가는
긴 울부짖음 거느리고
변신 바쁜 들판 지치게 거닐다 갔다

겨울 내내 밭들은 물 한 줌 없이 살았다

늦가을 흔적

억새풀 태우던 바람은 오래전에 강 건넜고
재들은 우리 거름이나 되자며
꺼먼 얼굴들끼리 서로를 격려하고 있다
봄 잠복해 있을 얼음 밑이거나
가시덤불 깊숙이 피신한 씨앗
온기 한두 점 안고 하루씩을 견디고 있고

*

쓰레기 무덤이었던 山 둘이 나란히 서서
알몸으로 누운 길을 굽어보다 말다 하였다
　　　하늘공원 노을공원
단풍잎 옷 벗어버린 나무들
뿌리 잘 박고 있는지 몰라도 좋았다
흔한 빗물 한 컵 쏟지 않았고
악취 흠씬 삼킨 쓰레기들이야

56

거름이 될 궁리에 골몰할 것이니까

산책길이 길게 뻗어서
텅 빈 입구를 향해 휘파람 불고 있다

산비탈 그 풍경

나무들 바람 안 불어도 가끔 휘청거렸고
화가 난 바위는 줄곧 씩씩거렸다
휴전선 부근 산비탈
젊은 우리가 겪은 풍경들 중 하나다

나무와 바위와 빈집의 만남이나
헤어졌던 사연들
숲 속에 흔적으로나 남아 있다면

우리 다 사라진 다음에도
수수만년 더 버틸 풍경일 것이다

구절초 꽃밭에서

구절초 줄기들은 어려서부터 알고 있다
처서 겪은 매미가 죽어가는 곳과
귀뚜라미들 이번 가을의 레퍼토리
추분 아침을 경계 삼아
낙엽 위로 흰 꽃잎 떠올리는 법까지

비바람 휘날리는 늦가을 언덕에서
구절초는 눈물 삼키며 다짐하였을 거다
찬 이슬 절망 아래서도
가지들 힘차게 뻗쳐
잠행하는 바람 따라 진 꽃잎 뿌리기

구절초 뿌리들은 지하에서 헬 것이다
언 물속에서의 악전고투와
봄 온기와의 달콤한 접선
샛노란 새싹 뽑아 올렸다가
다른 풀들에게 채찍 되기 등등을

세상의 한끝

세상의 한끝 갯바위에 와서
언제나 패하고 물러서는 파도를 보면
하늘 떠도는 구름에게도
희망 몇 개쯤 걸 수 있겠다 싶어진다
세상 다른 한끝에선 나무끼리
덧없이 어울리고 있으니까
밤의 적막 삼키고도 빛나는 별과
저문 얼굴로 떠 있다가
어둠 묻히고서야 저며지는 달
흙과 물과 하늘의 뒤섞임이나
끝과 시작의 반복 등
쓸모없어질 내 눈에도 보였으니까

어디 가면 다시

마을 뒷산 공동묘지 옆 아기 무덤 계곡
일곱 살에 죽은 내 아우도 거기 묻혔다고 했다

아침마다 까마귀 두엇 까악 까악! 울어
동네 어머니들 욕설 자아냈고
나는 못 들은 척 자라서 어른이 되었다

낯익은 얼굴들 다 떠나버린 이 골목길
오늘은 타지 사람처럼
아무도 나를 알아보지 못하였다

어디 가면 다시 들을 수 있을까
어렸을 적 내 동무들 귀에 익은 웃음소리

여름 청계천

시멘트 옹벽 마주 선 청계천 하늘로
작고 누런 흑백사진 몇 장이 흘러가고 있다

듬성듬성 걸쳐진 다리들이
길게 굽이치는 새 물길 기웃거리고
병정 같은 억새풀 숲이
더운 밤을 뒤적거리고 있다

새벽이 달려와서 텅 빈 청계천으로
바람을 몰아가고
시간 늦추던 안개
뚝섬 숲에서 주린 아침을 맞았다

여름 청계천은 저런 식으로 흘러가고 있다

쥐똥나무꽃 향기

쥐똥나무꽃 향기같이 달콤한 세상 있으면
거기 정착하고 싶다 나 혼자
작은 방 두어 개 지니고
정든 여자에게 빌붙어서
저 꽃같이 노란 태양 숱하게 그리며

쥐똥나무꽃 향기에 젖어
내 몸 구석구석 골병드는 날들 겪다가

처음이 갈대밭

처음이 갈대밭 씨앗 한두 알로 출발했겠지
연한 줄기 타고 올라간 초록의 힘
비바람에 더 질겨진 섬유질로
개펄 바닥으로 인고의 뿌리 뻗쳐가던

저 언덕 넘나드는 새
잎들 들으라고 긴 목청으로 노래했겠지

갈대밭은 또 잡초들에겐 점령군이 되었고
비로드 같은 땅 헤집어서
초록 깃발 임립시키거나
저들만의 청정 제국 세워낼 것이지만

헤아리지 못하고 말 게다
그들 눈먼 힘 어느 흙에서 엉기게 될지

해바라기 씨앗

해바라기 씨앗 한 줌 뿌린 것을 잊고 살다가
검푸르게 자란 잎들 보고 신기해졌다
무더위 이기면서 노란 꽃 뭉치 꺼내 들고
태양 향해 사열받듯 섰던 그들
병정 같은 꿋꿋함을 지켜보다가
탐스러운 씨앗 주머니 몇 개를 따두었다

봄이 애타도록 기다려지는 날들이 있었다

편지

들판 가로지르고 강 건너서 창원으로 내려간 12월 해 하나

배웅해주고 왔습니다, 형님

우리 키워준 옛집 없어졌지만, 보였어요

낯익은 저녁 별 몇 개 김해 하늘로 마중 나온 것

이끼頌

웅덩이엔 꼭 그 수상한 것 나타났었어
제 껍질처럼 품고 다니다가
정처가 생기면 주저앉는 것
진정함은 언젠가 드러나기 마련이고
물은 흔들려야 되살아나는 거라지만
폭포 밑의 반투명 풍경
젖어서야 생기 되찾는 거지
사라지는 물의 반역 나는 알고 있었어
재활의 차오름 앞에서도
흩어져 간 이끼는 죽기 마련인 것을

내일도

가위눌려 자다 진땀 흘리며 깬 새벽 견뎌보았나?
홀아비 된 중년의 슬픔 달래기나
오십 년 만에 만난 남녀 눈물겨운 섹스 등

오늘 일은 오늘 다 해치우고
잊어버리기로 하자
내일도 우리 살면서 할 일은 차고 넘칠 것이니까

문어처럼 살고 싶을 때가 있다

물총 쏴대며 문어처럼 살고 싶을 때가 있다
해삼과 전복의 동무가 되어
그들 단단한 내면이나 욕심내면서
쓰라렸던 기억들 다 지우고
수십 번의 계절 보내고 나 다시 태어난다면

4부

데자뷔

촛불과 詩

어둠 사르는 일에 신명을 바치는 현자다
정제된 소금 같은 속살 지키려고
상아의 견고함 껴입고 누운 그는,
누군가 불 켜주면 불꽃의 힘이 되었고
심지 안에 압축된 함성과
짠 눈물 기둥 세우려 기를 쓰던
우리는 삶의 덧없음 경험으로 안다
세상 투시할 수 있다 해도
울분의 詩 한 줄도 읊지 못하였음과
제가 판 무덤 안에서
고독한 현자로 타오르는 저 촛불의 恨

나 살아 있음도

살아 있음 알리려고 그가 한 말들
이 굴참나무 아래 풀밭에도 흩어져 있을까
새벽에 주로 썼던 그의 참한 詩
책갈피 안 어둠이나 헤치고 있겠고

우리 주고받았던 진정함
저 우듬지 위에 떠 있으면 싶다

그의 육신 봄꽃처럼 부활한다고 해도
흙의 예지 깨우칠 순 없겠지
그의 노래 다시는 못 듣겠지

나 살아 있음도 달라졌으면 좋겠다

데자뷔 1

이 또한 가끔 겪던 일이었을 것이다

오래 남남으로 살아오다가
나쁜 귀신들 유혹 다 뿌리치고
부드러운 맨살끼리 만나
열락으로 부딪치던 우리에겐

혼 다 빠진 비애에 탄식하면서도
헝클어진 머리칼 빗고
행운을 주고받던 우리에겐

이 모든 것 필연일 것이다
세상 숲 벌레 새 그리고 우리 집

데자뷔 2

저 바닷속 얕은 곳엔 암초 몇이 다시 일어나 미역 숲 헤치며 어선들 부르고 있을 것이다.

바람은 높은 파도와만 노니까
섬의 빈집들 아직 주인이 없고

이 갯바위들은 가끔 갈매기 모아놓고 먼 도시 이야기나 들으며 세상의 갈증 풀어낼 것이다.

데자뷔 3

흑백사진 전시장 같은 저 광장에
주말마다 휘황한 촛불들이 모이곤 하였다

귀신이라도 본 듯한 음산함에다
증오심 도배된 아우성

이념 밝히는 불빛 꺼지고 나면
새벽까지 덧없는 어둠이나 더욱 쌓였을

촛불의 춤

1
스스로를 태워 어둠 밝히다가
어둠으로 끝장나는 춤 하나가 있습니다

덧없는 희망이지만
들불로 번질 수 있는 저 연약함

2
촛불 한 점씩 들고 나온 시위대 꽁무니
따라다녀 본 적 있습니다
내 어이없음 시방
쓰레기통 바닥서
땟국으로나 말라 있을 테지만

라이브

한밤 티브이로 지구 저쪽 대낮을 보고 있다
여기선 어둠 쌓여 질척거리는데
저기선 우리가 보낸 해가 중천에 떠 있네
재미있다 버튼 하나로
컸다 껐다 달라지는 이 세상

그냥 보다 잠이나 자두자
몇 시간 후면 낮이 될 우리 하루를 위하여

살아 있으니까

먼 들녘 가면 여문 씨앗들이 헤어지면서
다시 봄 엮는 소리 들을 수 있겠다
무성하게 마른 잡초밭 사이
눈 더미와 바람 아래 누워 있다가
봄 풍경 질펀하게 펼치려는 결의들도
들판 길 다니다가 늙고 병들어
골방에 갇힌 그 농부 알았을까
새는 무엇을 잡으러 날고
큰 물고기는 왜 깊은 곳만 기웃대는지
나무도 물도 세상 본다든가
굶어서도 배 아픔 치유될 수 있다든가
빛 삼킨 어둠이 왜 빛을 내는지 따위
모른다는 것 다행이겠지
살아 있으니까 즐거움을 알듯이

종이비행기 날리며

잘 접은 종이비행기를 날리고 있으면
사는 일 조금 유쾌해진다
허공을 가르고 바람처럼 날아가다
사뿐히 내려앉는 저 무심한 안착
어릴 때 연鳶 하나 떠오르고
줄에 실은 힘도 되살아나는,
저승 구경해야 할 나이에 와서도
종이비행기를 날리면
모래밭 휩쓰는 바람처럼 신이 난다

이 나의 비겁

나 그날부터 가장 가까웠던 사람에게서
버림받기로 마음 다져먹었다

내 몸속으로 이슬비 스치는 것이나
산골 좁은 하늘로 별들 떠 있는 것이나
병아리들 더불어
가난한 떠돌이처럼 살기로

어쩔 도리 없구나
멈추지 못하고 사는 이 나의 비겁

장제장 굴뚝

얼마나 많은 일 연기로 날려 보냈을까
장제장 굴뚝
들쥐 발톱에 찢긴 꽃잎이나
트럭에 박살 난 장난감 같은

생각 깊게 해주는 詩일지라도
거기선 무용할 것이다

삶의 끝 허망을 지워버리기 위하여
숨어 있는 장제장 굴뚝
밤마다 어둠을 삼키며
어딘가에서 식어가고 있겠지

나는 왜 늘 이럴까

대기 속 순정한 습기가 밤새도록
짜낸 이슬방울이 하나
아침 햇살 굴절시키고 있다가
거친 바람 한 줄기에
지구 바닥으로 곤두박질치는 것
풀잎 몇몇이 지켜보고 있다

나는 왜 늘 이럴까
사소한 일에도 꿈 접어버리는

내 시집들을 꺼내보면

헌책 사이 꽂힌 내 시집들을 꺼내보면
지난 삶이 무색하기만 하다
가다듬었던 새벽 골몰들
바래지고 허접해진 나의 몰골이여

좋은 말로 거짓 덧칠하고
책이라고 찍어 세상에 내놨었구나!

독백

지난날 애써 썼던 나의 詩들 다 쓰레기 같다
세속 밀려난 나이에 읽어보니까

노동과 사랑 끝엔 결별이 있고
산불에 덴 나무는 봄이면 생사 가름되고

나의 詩들만 괴로워하고 있으리
낮과 밤이 번갈아 세상 휩쓸고 있는 사이에

내 이 야비함을

아스팔트 길 틈에 난 풀 한 포기 뽑아버렸다
속절없이 시들어버릴 이 생기

가슴 한가운데로
아픔이 전류처럼 지나갔다

내 이 야비함을 누구 되게 한번 꾸짖어다오

5부

이렇게 갠 날에

빛과 어둠

어둠 가운데라야 빛의 끝 볼 수 있을 게다
밤마다 우리가 보낸 것들이 모여
돋아나는 별빛 뭉개며
부질없이 거닐다가
끝내 부서지고 만다면

밤마다 우리가 씻어낸 땟물이 반짝인다면

나 이 갈대밭에 와 있는 것

나 이 갈대밭에 와 있는 것 아무도 모를 것이다
잎들 속삭임 안녕이란 인사말도

웅덩이 물을 선점한 이끼와
날벌레들 앙큼한 탐색 같은 건 헤아리지 말자

아무것도 갖지 못하지만
줄기들은 꿈꾸는 거니까

세상의 길 다 사연이 있다니까
나 이 갈대밭에 길 하나쯤 낼 수도 있겠지?

이렇게 갠 날에

그 무잡했던 폭풍우 다 사라졌으므로
이 아침 나무들 새 얼굴로 섰고
숲새들 노래하고 있으니까
젖은 땅은 생기 되찾는 듯하였다

물길을 따라 몰려간 그 유기물들
저 섬 어디에 머물든 말든
지겹지도 않은 바닷물과
수억 겹 파도를 굴리고 있다

하늘이나 올려다보고 있자
이렇게 갠 날에 우리 일이 없으면

수액의 꿈

꾸역꾸역 수액 올려 보내던 가지들
수만 초록 깃발 내걸 거라고 공언하였다

뿌리에서부터 그려 왔던 우산이 하나
썩은 토양 펌프질하여
들뜬 꽃들 잔뜩 피워놓았으리
잎과 향기로 제 나이테 다 채우던
사과나무가 사과 안에다가
과육 꽉꽉 메우는 일처럼,
겨울나무들이 겨우내 꾼 꿈들 저 위
비췻빛 하늘 끝까지
흘러가 있어야 하였듯이

어떤 꽃은

어떤 꽃은 씨앗 속으로 다시 들어가
들판 한구석 장식하는
꿈에 매양 도취해 있거나
춥고 긴 밤들 연대와 싸워 온 눈사람
찢긴 두 눈 부릅뜬 채
잔비 뿌리는 봄날 쓰러지던 것
어떤 꽃은 각박한 세상 달뜨게 하며
들판 춤추며 다니다가
풀씨 속으로 되돌아가던 것

나 어렸을 적엔 자주 보았었지

조개껍데기와 강

강가 언덕에서 조개껍데기 하나를 주웠다
살아 있던 것들 다 잃고
무기질로 삭아가면서도
무늬 하나만 온전하게 간직한

하지만 이 조개껍데기에게
저 오만한 강은 아직 그리운 곳일까?

폭풍 이튿날 해수욕장

폭풍이 밤새도록 난리 치고 갔다.

하지만 아침 바다는 시퍼렇게 눈을 떴고, 육지의 나무
와 풀들 잎 다독이며 잘들 이겨냈어! 하고 있다. 질펀하게
누운 해안 모래톱은 쓰레기 몇 점 꺼내 들고 바닷물과 장
난치고 있고

종일 사건이 나지 않았다
갈매기 몇 마리 해수욕장 맴돌다 간 것과
가을을 엮는 바람의 탐색 말고는
별 몇 개 띄우고 온 저녁 말고는

마른 넝쿨풀

덧없이 마른 넝쿨풀 줄기 하나
중병 겪은 듯 적설 속에 구겨져 있다가
환한 이 봄날 구경 나왔는지
다른 쓰레기와 이웃 동무 하고 있다

따뜻한 바람 또 불겠지만
마른 풀들에겐 아무 뜻 없을 것이다

자 절망이니 사랑이니 모두 그만두자
성장과 질주의 끝에선
눈먼 저 안구眼球 뒤편
캄캄한 단애 위에 서게 될 것이니까

넝쿨풀의 손

어제까지 나는 이 넝쿨풀
모색과 질주의 끝이 어딘지 알려 하지 않았다

가을 뒤통수치며 닥친 된서리 뒤에도
길에 서 있을 우리 하느님
어찌할거나 이미 시들어서 누워 있는
무저항의 저 하찮음을

시작도 끝도 모르고 살다가 세상 등지는

명아주 풀에게

이젠 명아주 풀에게 희망 하나를 걸겠다
가을이 풀잎 다 시들게 하였고
질긴 줄기 구석구석에
곰팡이꽃 심어두었으니
언 논밭 눈 두껍게 쌓여
나무가 되려던 그들 꿈 짓밟혔으니

멀리서 혼자 다니는 하느님! 올 여름
명아주 풀 한 그루 크게 키워
내게 실팍한 지팡이 한 개 만들게 하시라
산 자들이야 잠들고 깰 때가 있고
잡초도 씨앗 뿌려놓고
값진 삶 접은 후 시드는 것이니까

명아주 지팡이

명아주 줄기를 찾아다니는 여자 하나 있다
마르고 질긴 풀의 내면 시험하듯이
독초인 풀들의 배고픔 이기기 위해
헤매는 그 여자는 굵은 줄기로
지팡이 하나를 만들겠다고 하며 다녔다
봄으로 퇴각하는 추위와 더불어
굵은 줄기 하나 찾지 못하고 있나 보다

물소리와 살기

작은 실내 폭포 하나 사다 놓고
물소리 듣다 잠들다 깨다 하고 있다

물길이 난마처럼 엉킨 수족관에는
근심의 앙금들 쌓이고
식탐에 전 금붕어들이
배가 탱탱 불러 죽기도 하였다

오수汚水의 끝없는 낭패와
목숨 떠난 자리의 적막 경험하며
세월 보내는 게 내 사는 일이다
소리를 삼키면서
소리 없이 말라간 물처럼

가구처럼

새벽을 구기고 일어난 늙은 사내 하나
주린 몸 컴퓨터 앞에 차려놓고
세상과 대면하고 있습니다
얼마나 많은 시간 허송하면서
세속적인 것과 얽히고
신들려 했는지 무엇 하려고
詩 몇 줄에 누더기 같은 말 걸치면서
새벽마다 머리칼 빗어왔는지
헤아리려고 않고, 그는
또 하루 보내려 합니다 가구처럼

미술관 뜰

미술관 뜰에 여름 몇 장면이 날아와서
벚꽃 이파리들을 눈발처럼 뿌려놨고
누드 조각상 하나 다소곳이
이 세상을 굽어보면서
소나기에 씻길 궁리나 하고 있다

여자 관람객들 애틋한 눈짓 교환하며
꽃비 휘날리듯 깔깔대다가
손 저으며 흩어지는 것 보았다
해 질 무렵엔 시들해진 바람 몇 가닥
어슬렁거리다 가겠지만
실내 그림들은 상관하지 않았다

*

외등外燈 하나 밤이 새도록 불 켜 들고

기억 저편으로 간 워낭

소리 같은 적막감으로

미술관 뜰을 누비고 있었을 것이다

꾸다가 만 꿈들

우리 젊었을 적 꾸다가 만 꿈들
새벽에 사라지는 별 같은 것이었음
나이 예순 넘은 후에야 알았다

초저녁잠에서 깬 낭패감 같은 어둠

폐가의 삭은 기와지붕 아래선
천년의 바람 아직 불 테지만

남을 미워한 적 누구에게나 있겠지

보내지는 것 다 시간이니까
살아 있으면 다 보일 테니까

그는 떠나면서

이른 아침 걸인 같은 몰골로 외출해
동네 개울가를 다니면서
낯익은 풍경들을 만났겠지만
쓸쓸함이나 얻은 채
귀가하던 그 사내
혹한 겨울밤들과 싸우다가
촛불처럼 흐느적거리다
그해 초여름 종적을 감춰버린

그는 떠나면서 다 거두어 갔을 게다
우리 곁에서 저지른 일들

시인의 시계
—이유경의 노년 시학

정미숙 부산외대교수 · 문학평론가

> 늘 새로운 것과 만나러 달리던 이 바늘의 꿈
> —「시계와 눈물」 중에서

1. 이유경의 노년 시학

이유경 시인이 한 권의 시집을 다시 엮었다. 심원한 감성으로 생의 이면을 예민하게 탐사해온 시인이 상재한 새로운 시집이 주목된다. 노년을 살고 있는 이유경 시인은 자신이 살아온 생생한 경험과 주변의 삶을 통하여 '노년 시학'이라는 단단한 성취를 이루었다. 상실과 죽음의 궤적인 노년의 시간을 추적하며 이를 견디고 넘어설 대안을 담담하게 고민한 시편들을 세상에 부려놓는다.

일반적인 시의 주제는 크게 우리가 삶의 단계에서 겪게 되는 주요한 사건이자 경험인 '생―노―병―사―애―오―욕'으로 압축할 수 있을 것이다. 인간은 태어나서, 늙고, 병들며, 사랑하고, 미워하며, 욕망하다, 죽는 과정을 거친다. 일곱 가지 주제는 동서고금을 막론하고 되풀이되는 것인데, 이 모든 것의 근간은 시간적 존재인 인간의 유한성에 있다. 태어나면서 죽음을 예약한 존재, 정해진 시간을 사는 존재가 인간이라고 할 때 그 마지막 단계에 놓이는 것이 바로 '늙어감'이다. 노년은 죽음에 가까운 시간이다. 불안과 허무의 기저에 근원적 상실인 죽음의 그림자가 있다.

우리가 관심을 가져야 할 문학의 궁극이 노년과 죽음에 있지 않을까. 생의 마지막 단계에 놓이는 노년은 갑자기 찾아오는 것이 아니라 삶이 시작되면서 예정된 것인데, 노년을 맞는 이들은 부당한 침입처럼 당황하고 투덜거린다. 호사가들은 백세시대의 노년은 축복이자 재앙이라고 지적하며 경제력과 건강을 갖추지 못한 노인을 부담이라 성토한다. 노년은 무엇인가, 혹은 무엇이어야 하는가. 경제와 건강의 비교 선상에서 이야기되어야 하는 노년은 과연 주변적 존재인가. 노년의 삶이 지니는 고유한 가치는 무엇보다 고단한 생을 완주한 존재론적, 실존적 의미에서 찾을 수 있다. 그들이 경험한 생의 지혜는 세대로 계승되며 빛을 던지고 있지 않은가.

논란의 대상인 노년이야말로 심오한 문학적 제재일 수밖에 없다. 우리가 맞게 될 미래이자 당면한 과정이기 때문이다. 이유경 시인의 독보성은 노년에 대한 진솔한 시적 발화를 통해 세대와 시간을 초월하는 말 건넴, 소통의 의지를 실현하는 데서 찾아진다. 그의 시를 읽으며 위안을 얻고 지금 이 순간을 더욱 뜨겁게 희망하게 된다.

2. 적막한 새벽

나 여기 불쌍한 몰골로 살고 있다
봄 주춤대듯 오던 것과
무작정 닥친 여름 만났다가
쌀쌀맞게 가는 가을 지켜보면서 나
모든 것 쉽게 해결하고 있다
적막한 새벽에 혼자 길 나서듯
오래전 네가 한 것처럼
세상에의 기억 다 지우려고

살아 있으니까, 살다 가기 위하여

　—「너 없이 살기」 전문

　시의 잉태는 죽음에 터하고 있다. 죽지 않는다면 삶에 그리움과 회한, 영원에 대한 동경, 진실과 아름다움에 대한 추구는 끝내 없을지도 모른다. 있다면 그것은 관념일 것이다. 죽음이 이 모든 것을 살아나게 한다. 실감과 절감에 오한을 느낀다.

　이유경의 시에는 많은 죽음이 등장한다. 아내, 벗, 지인들의 죽음과 주변에서 목도하는 죽음들이다. 여러 시편 중에서 가장 사무치게 와 닿는 시가 「너 없이 살기」이다. 여기서 '너'는 화자의 아내로 추정된다. 화자는 아내를 잃고 혼자 쓸쓸하게 살아간다. "모든 것 쉽게 해결하고"라는 구절을 통해 말하듯이 최소한의 간결하고 담백한 삶을 사는 그의 '불쌍한 모양'은 삶의 양상이자 태도이다.

　시인의 엄중한 생사관을 반영한 듯 화자는 삶/죽음, 차안/피안의 경계를 결코 무너뜨리거나 지우려고 생각하지 않는다. "살아 있으니까, 살다 가기 위하여"라는 진술처럼 삶이 끝나는 날까지 완주해야 한다는 생의 의지는 분명하다. 다만 혼자 남은 고통을 피하기 위해 삼은 유일한 방법으로 '기억 지우기'가 있을 뿐이다. 노년에 처한 시인의 삶은 애틋한 기억을 지우고 지우며 서서히 무뎌지기이다. 홀로 남겨진 노인의 남은 시간은 무뎌져야 버텨낼 수 있는 수행의 과정이다. 살아내기의 힘겨움은 "적막한 새벽"에 녹아 있다.

노년에 맞는 배우자의 죽음은 커다란 외상성 신경증을 남긴다. 프로이트는 모든 필연적인 것에 대한 능동적이고 개인적인 진정한 체념이야말로 삶의 커다란 과제라는 걸 인정하라고 강조한다. 사랑하는 이와의 사별이 얼마나 내려놓기 어려운 고통인가를 새삼 깨닫게 된다. 모든 죽음과 이별은 당하고 보면 느닷없는 것이다. 노년의 시간은 상실과 죽음의 연속이다.

K, 너의 기억 파일에 나는 어찌 투영됐을까

얼마나 많은 시간이 너를 가꿔줬고
무슨 힘으로 너는 세속의 그물 비켜왔는지
다 버리고, 물건으로 누운 내 친구
삼베 겉옷 안의 인격 모두 끝장났다

삶과 죽음의 고리 이리 간단하구나
너의 옷가지들 사정없이 버려졌듯

K, 네가 불렀던 노래와 아픈 詩들

나 오늘 빈집의 그리움으로 만나고 있다

　　―「빈집의 그리움으로」 전문

　죽음은 친구 K로 이어진다. '나'는 K의 죽음 앞에 "K, 너의 기억 파일에 나는 어찌 투영됐을까"라며 조용히 말을 건넨다. 앞에서 살폈듯이 '기억'은 시인이 죽음에 맞서기 위해 활용하는 일종의 장치이다. 지난 시간은 오직 기억에 남아 있을 때에만 생동한다. 기억을 상실한다면 그것은 사라지는 것, 곧 죽음과 같다. '나'의 질문은 죽음이 강제적으로 단절시킨 시간에 대한 복원 의지이다. 죽음의 덮개를 걷으며 죽은 친구에게 말을 건네는 것인데 원망과 연민이 교차한다. "무슨 힘으로 너는 세속의 그물 비켜왔는지"라며 인연의 끈을 스스로 자르고 떠난 친구를 향하던 원망은, "다 버리고, 물건으로 누운 내 친구"에 이르러 그에 대한 연민과 오열로 바뀐다.

　화자는 죽음을 삶과 분리해서 받아들이지 못한다. 아니, 인식하지 못한다. 살아 있는 사람이 죽음을 이해할 수 있을까. 죽음은 산 사람들이 느끼는 이별의 정동affect일 뿐이다. 죽음을 완전하게 이해하거나 선뜻 받아들일 수 있는 이는 없다. 우리는 주검이 처리되는 과정과 죽음 이후의 부재를 통해 죽음을 이해할 수 있을 뿐이다.

죽음은 모든 것이 멈추는 것이다. 관계도 끝장나고 인격도 끝장나 버리는 생의 종언이고 무화이다. 그래서 죽음은 허무와 그리움이다. 아내와 친구를 잃은 시인에게 "빈집의 그리움"은, 과거의 기억도, 쌓아 올릴 추억도 만들어가지 못하는, 상호작용이 상실된, 사실상의 유폐 선언에 가깝다.

작은 실내 폭포 하나 사다 놓고
물소리 듣다 잠들다 깨다 하고 있다

물길이 난마처럼 엉킨 수족관에는
근심의 앙금들 쌓이고
식탐에 전 금붕어들이
배가 탱탱 불러 죽기도 하였다

오수汚水의 끝없는 낭패와
목숨 떠난 자리의 적막 경험하며
세월 보내는 게 내 사는 일이다
소리를 삼키면서
소리 없이 말라간 물처럼
―「물소리와 살기」 전문

화자는 "작은 실내 폭포"를 집에 설치해두고 "물소리 듣다 잠들다 깨다" 한다. 자연의 모방품인 실내 폭포는 폭포의 근원적 생명력인 순환작용을 감당하지 못한다. 같은 물을 계속 돌리고 있는 가짜 폭포의 수족관에는 이내 이끼 같은 "근심의 앙금"들이 쌓인다. 좁은 수족관에 갇힌 것을 아는 까닭일까. 하릴없이 식탐을 좇는 금붕어는 명을 재촉한다. "오수의 끝없는 낭패"와 하얀 배를 드러내고 죽는 금붕어들로 수족관은 황량하다. 밖에서 끌어들여 안으로 깊숙이 내려 퍼붓는 폭포의 역동성은 그 자체가 생의 리듬이다. 그 리듬을 타며 물은 정화되고 격정은 승화하는 것이다. 물은 생명이다. 흐르고 흘러야 한다. 남길 것과 사라질 것이 시간에 따라 서서히 걸러지고 재배치되는 자연의 여유로운 시간이 증발된 수족관은 죽은 듯이, 죽을 듯이 텁텁하고 건조하다.

　　그 무잡했던 폭풍우 다 사라졌으므로
　　이 아침 나무들 새 얼굴로 섰고
　　숲새들 노래하고 있으니까
　　젖은 땅은 생기 되찾는 듯하였다

　　물길을 따라 몰려간 그 유기물들
　　저 섬 어디에 머물든 말든

지겹지도 않은 바닷물과
수억 겹 파도를 굴리고 있다

하늘이나 올려다보고 있자
이렇게 갠 날에 우리 일이 없으면
―「이렇게 갠 날에」 전문

 시인이 원하는 것은 생명이 요동치는 진정한 삶이다. 인용 시에서 단속적인 불안을 떨치고 영원의 순간을 해맑게 바라는 자연인이자 신앙인인 시인의 모습과 대면하게 된다. 폭풍우 그친 후 새 얼굴로 빛나는 나무와 생기를 되찾은 대지를 시인은 찬양한다. 이런 맑은 순간에 시적 화자는 매 순간 강박적으로 옥죄는 삶과 죽음, 빛과 어둠의 구분에서 잠시 벗어난다. 삶은 보고 만질 수 있는 기지의 장소이고, 죽음은 도무지 알 수 없는 미지의 공간이 아닌가. 수억 겹 파도의 바다와 맞닿은 하늘, 일체 된 하나의 지점을 이어 우러르며 그가 몽상한 것은 무엇일까.
 성경은 하늘나라가 "하늘에서처럼 땅에서도 이루어질 것"(마6 : 10)이라고 분명하게 말하고 있다. 다시 말하면 삶과 죽음, 지상과 천상은 구별할 수 없이 한 선상에 있다는 말인데 이를 예수가 가능하게 한 것이다. 지상의 세계와 초월적이고 영원한 세계를 하나로 결합시킨 예수의 가르침에 따르면 모든 개인적인 행위와 접촉에도 진정성만 있으면 영생이 깃든다 한다. 삶과 죽음, 차안과 피안, 순간과 영원, 천국과 지옥이 우리의 진정성에 있다. 시인은 오롯한 삶과 죽음이 빈틈없이 하나로 이어져 충만한 선상에 이어지길 바라며 그 탐색의 시선을 거두지 않는다.

3. 허위의 만국기 축제

그 쪽방서 거미처럼 살던 노인 하나
눈 쌓이는 새벽길 치우다가 동사하였다
마른 걸레쪽같이
곁에는 몽당빗자루가 쓰러져
눈 속에 갇혀서도
노인의 승천을 축복해주었겠다

신장개업한 병원 영안실 한 칸으로
상복 입은 청년 두서넛이 나타나
죽은 그를 치워놓고
무표정하게 조문객을 맞고 있다

버려진 휴지 뭉치 모양을 하고
장의 버스는 속절없이 굴러갔다
다시 겨울 내내
그 쪽방 문 닫혀 있었고

때에 절어 버려진 이불
그의 냄새 씻으며 누워 있던 것이나
또 새봄이 그 쪽방에 와서
서성이던 것 다 보여주었으리라
  ―「그 쪽방 풍경」 전문

시인은 나이 들어 쇠잔해가는 자신에 대한 관심에서 비롯하여 주변 이웃의 의지할 곳 없는 노인들에게로 눈길을 돌리고, 생명이 장식으로 교체되는 도시의 비정한 생명 경시 현상에 날카로운 비판 의식을 드러낸다. 그리고 무참한 죽음의 현장을 고발하며 삶과 죽음의 진정한 의미를 환기한다. 이유경의 노년 시학은 자신을 넘어 소외된 이웃과 죽음을 만드는 도시의 무심한 환경에 대한 관심으로 확장되며, 통렬한 비판을 가하면서 대안을 함께 고민하는 가운데 일련의 구성적 체계를 완성해간다.

「그 쪽방 풍경」에서 이유경은 자신의 독보적 시성을 가능하게 하는 미학적 기술인 간결하고 선명한 이미지를 유감없이 보여주고 있다. 오랜 시력의 혜안으로 포착한 현실 비판이라는 주제가 선명하다. "거미처럼 살던 노인 하나"는 아무도 거들떠보지 않는 가난하고 소외된 보잘것없는 늙은이의 삶을 압축한다. 쪽방 거미 노인의 사인은 동사凍死이다. 동사한 노인은 동사動詞로 자신의 정체를 증명할 수 없는 늙고 기력이 쇠한 존재임에도 불구하고 눈 내리는 새벽길을 치우다 가혹한 노동 현장에서 죽음을 맞는다.

그의 참담한 죽음은 많은 의미를 남긴다. 그의 새벽 노동은 무엇인가. 생계를 위한 것인가, 아니면 답답한 자신의 쪽방을 밀고 들어오는 침입자를 재빠르게 없애야 한다는 위기의식이 불러들인 행위인가. 그 이유가 무엇이든 간에 그의 노동은 시간과 세상에 맞서 살고자 사투를 벌인 고독한 생명 의지의 발현이라 할 수 있다. 직업으로서의 노동이라면 그는 아직 쓸모 있는 노동자인 자신을 증명했어야 했다. 시시각각으로 쌓이는 눈은 노인의 숨을 턱턱 막는 검은 덫과 같이 느껴졌으리라. 눈을 치우고 지우며 노인은 혹여나 쪽방을 수월하게 찾아올 반가운 친척 생각에 식어가는 체온을 잠시 데웠을지도 모를 일이다. 애초에 노인은 가혹한 노동 현장에 투입되어서는 안 되는 약자이다. 그런 노인이 "마른 걸레쪽같이" 쪼그라

119

든 "몽당빗자루"를 도구 삼아 눈을 치우러 나간 것은 무모한 일이다. 눈을 치우지 못한 그는 눈에 치여 치워져야 할 주검으로 변한다. 그는 죽었으나 그의 누추한 삶은 정리되지 못한 채 방치된다. 새봄이 지켜볼 낡은 그의 유물이 아프고 부끄럽다.

  "쪽방", "마른 걸레쪽", "몽당빗자루", "동사"의 구차를 이어 인간으로서의 품위를 애써 찾아준 것은 시인이 마련한 덮개인 "승천"이란 시어이다. "승천"에 담은 시인의 마음은 그의 야윈 몸을 하얗게 덮은 유일한 애도 의식이다. 현실은 비정하다. "신장개업한 병원 영안실"에 안치된 그의 시신은 누구에게도 환영받지 못한다. 죽음이 널리 알려져 내방이 잦아야 좋은 장사꾼들에게 고유하거나 애달픈 죽음/주검은 없다. 화자는 그를 영안실에 버려두고 떠나간 장의 버스를 "버려진 휴지 뭉치 모양을 하고" "속절없이 굴러"간 것으로 서늘하게 그린다. 이토록 그의 주검은 "휴지"처럼 가볍고, 가볍다. 그가 떠나고 남은 자리엔 휴지 한 장의 온기도 스치지 않는다. 아무도 찾지 않아 겨울 내내 "때에 절어 버려진 이불"과 그의 냄새를 시간이 덮고 묻고 가길 바랄 수는 있는 것일까. "새봄이 그 쪽방에 와서 / 서성이던 것 다 보여주었으리라"라는 진술에 이르면 화자의 슬픔은 우리의 슬픔으로 전이된다. 경제력과 노동력을 상실한 외로운 노인의 죽음은,

경중의 차이는 있으나 이웃들의 가까운 미래상이다. 마무리
되지 못한 죽음, 애도를 상실한 죽음은 우울로 맴돈다.

변덕스런 세상에 시달리면서도 높다랗게
뻗어갔던 그 소나무
초록 구슬 파라솔이었을 것이다
이 풍진세상 그리운 듯 내려다보면서
송진내 짙은 휘파람 섞어
우리 동네까지 산소 가닥을 이어주던

몹쓸 사람들! 주문받아 엮었으리라
황토 품 잠긴 잔뿌리 쳐내고
고무 끈과 철사로 포박해서
사람보다 긴 삶 지우개로 지우듯

킬킬대며 떠났던 그들도 나의 이웃
한 시대 같이 살고 있음이다

아깝고 또 미안하구나
소나무 한 그루 사라짐
아파트촌서 횡사한 산골 키다리 君子여

─「소나무 한 그루 사라짐」 전문

시인은 예측 불허의 사건과 같은 폭력인 죽음을 놓치지 않는다. 부당한 사고인 죽음은 개발과 자본 논리 속에서 무심하게 횡행한다. 도시는 오래된 것과 신성한 것에 대한 예의와 존중을 상실한 지 오래이다. 「소나무 한 그루 사라짐」은 이와 같은 현실을 비판한다. 예로부터 마을을 지키는 정정한 나무는 장수와 권위의 상징이다. 신성한 생명수 tree of life로 섬김과 경외의 대상이다. 이제 그것은 한갓 신화적 사유인 것인가. 모든 것 위에 자본과 생산의 기획이 존재한다. 이에 "산골 키다리 君子"는 아파트촌에서 졸지에 횡사한다. "송진내 짙은 휘파람 섞어 / 우리 동네까지 산소 가득을 이어주던" 키다리 군자는 "황토 품 잠긴 잔뿌리 쳐내고 / 고무 끈과 철사로 포박해서 / 사람보다 긴 삶 지우개로 지우듯" 드러내는 사람들을 당해내진 못한다. 소나무의 횡사橫死와 쪽방 노인의 동사凍死는 보호와 배려를 상실한 자리에 찾아온 죽음들로, 다른 듯 닮아 있다.

복개 콘크리트를 걷어내고 만든 뉴타운 천변에 낯선 풀꽃들이 돋아났다. 연보라 수레국화 개양귀비 미니 나팔꽃 등등. 그 이듬해 가을엔 검푸른 코스모스가 언덕을 뒤덮어 죄다 씨

앗 맺는 듯하였지만, 올해엔 달맞이꽃들이 그 자리 차지하고
대낮에도 샛노란 꽃술 뽐내고 있다.

누가 그들을 이주시켰다가
왜 다른 꽃들로 바뀌치는 것일까
―「이주자들」전문

횡사는 '군자'만 당하는 봉변이 아니다. 도시는 온통 장식
으로 치장한 명 짧은 꽃 마당으로, 죽음과 삶이 꼬리를 물며
신속하게 이어지는 곳이다. 「이주자들」은 시인의 비판이 어
디를 향해 있는지를 선명하게 보여준다. 시인의 분노는 '생
명에 대한 무례'에서 비롯한다. 개화와 낙화, 소나무의 성장
과 죽음은 자연의 순리에 따라 지켜져야 한다. 피고 시드는
순간까지 증명되는 끈질긴 여정이 생명의 길이다. 뉴타운에
심어진 꽃들은 언제고 반짝이는 뉴페이스처럼 신선하다. 뉴
타운의 꽃은 걷어지고 대체되는 장식품에 불과하다. 빈번하
게 이동 중인 꽃엔 꿀벌도 추억도 깃들 여지가 없다. 도시는
시인이 일갈한 "허위의 만국기 축제"(「꽃사과나무 한 그루」)
와 같은 공허로 가득한 텅 빈 공간space일 뿐이다.

상황에 따라 대체되고 배제되는 경제 논리가 환상의 돌림
병처럼 떠돈다. "이주자들"을 통하여 시인은 나이 찬 사람들

을 마치 유통기한이 지난 물건처럼 취급하는 천박한 경제 논리를 비판한다. 이는 시인이 고민하는 진정한 '노년 시학'이 무엇인가를 역설하는 대목이다. 삶은 늙은이와 젊은이, 시든 것과 피어날 것이 한데 어울리며 조화롭게 공존하는 데에 그 의미가 있다. 속도를 멈추고 천천히, 흔들리면 다시 세우면 서, 성장과 성숙을 향한 완주가 허락될 때 충만의 기운이 스밀 것이다.

　　아는 얼굴들 다 어디로 가 있는 걸까
　　십여 년 외딴곳에서 하루하루 보내다가
　　이 번잡한 광화문사거리 다시 와 서보니
　　주름진 얼굴 된 나만 산 것 같다

　　우리 기다려주던 사람이나 나무들
　　풍경 하나씩 바꾸며 없어져 갔고
　　옛것들 다 비켜서라! 며
　　새것들 차례로 와서 치장할 거고

　　그들끼리는 쉽게 친해지겠지

그렇지, 그들끼리는

그들 세상을 공들여 만들어가겠지

다음 또 다음

우리가 보낸 세월까지 지우면서

　　　　　　—너 여기서 무엇 하고 있느냐

누구 내 어깨라도 툭 쳐줬으면 싶다

　　　　　—「아는 얼굴들 다 어디로」 전문

　이 시의 화자는 10여 년 만에 돌아온 옛 거처 '광화문'이 낯
설다. 모두 새것들로 채워져 있는 현실 앞에서 자신도 어색하
다. "주름진 얼굴 된 나만 산 것 같다"라고 토로하는 화자의
자의식은 자신을 바라보는 타인의 시선에 머물러 있다. 새것
들로 채워진 도시 또한 주름진 얼굴의 이방인이 낯설기도 할
것 같다. 노소동락老少同樂의 이상과 새것과 오래된 것의 조
합을 통한 새로운 창출은 요원하게만 느껴진다.

　과연 변신하는 도시가 비정하고 낯선 공간인가. 실재계the
real는 존재하는 것이기도 하고 존재하지 않는 것이기도 하다
는 자크 라캉의 탁월한 진단은 개개인이 처한 고유한 현실 인
식을 말한다. 의욕이 넘치는 젊은이에게 도시는 사람과 돈을

얻을 수 있는 집산지이며 볼거리와 활기찬 변화에 살맛 나는 곳이다. 한때 살았던 옛 도시를 이토록 삭막하게 느끼는 것은 화자의 삶의 방식, 감정 양식에도 한 원인이 있는 것이 아닐까. 오래된 친구와 새로 만난 사람들과의 다양한 모임을 통해 변화의 맥락을 짚어보는 것도 노회한 노년이 취할 수 있는 권리이자 덕목이다. 그래서 "―너 여기서 무엇 하고 있느냐 / 누구 내 어깨라도 툭 쳐줬으면 싶다"라는 일성은 절박하나 고무적이다. 타자의 일성은 깨달음이자 전략의 요청이기 때문이다. 재입성을 앞둔 도시는 시인에게 더 이상 먼 그대일 수 없다. 옛 친구랑 새 이웃과 더불어 인적 네트워크를 구성해 새롭게 진입해야 할 우리들의 도시이다. 삶은 다시 동사動詞로, 모드 전환 중이다.

4. 촛불 그리고 시인의 시계

어둠 사르는 일에 신명을 바치는 현자다
정제된 소금 같은 속살 지키려고
상아의 견고함 껴입고 누운 그는,
누군가 불 켜주면 불꽃의 힘이 되었고
심지 안에 압축된 함성과

짠 눈물 기둥 세우려 기를 쓰던

우리는 삶의 덧없음 경험으로 안다

세상 투시할 수 있다 해도

울분의 詩 한 줄도 읊지 못하였음과

제가 판 무덤 안에서

고독한 현자로 타오르는 저 촛불의 恨

—「촛불과 詩」전문

이유경은 '촛불'의 몽상을 통하여 시인이자 노년에 처한 자신의 삶을 돌아보는 성찰의 시간을 자주 마련한다. 일찍이 가스통 바슐라르는『촛불의 미학』에서, 불꽃을 보며 몽상을 말하는 자는 시인이라 하였다. 불꽃을 보며 시인이 하는 몽상은 결국 자신을 말하는 것이다. 불꽃 앞에서 결코 잠들 수 없는데, 불꽃의 힘은 우리를 깨어 있게 하는 몽상의 의식이다. 바슐라르의 시적 명언은 그대로 이유경의 촛불과 연결된다. 시인은 여러 시편에서 촛불에 관한 몽상을 드러낸다. 촛불은 지난 촛불시위와 같이 뜨거운 사회 변혁 의지를 담기도 하나, 시인이 지향하는 촛불은 이념을 넘는 이념적 지향, 순정의 오롯한 헌신에 있다. 이는 시인이 추구하는 정결한 시적 지향이기도 하다.

이유경의「촛불과 詩」가 예사롭게 읽히지 않는다. "정제된 소금 같은 속살 지키려고 / 상아의 견고함 껴입고 누운 그는, / 누군가 불 켜주면 불꽃의 힘이 되었고 / 심지 안에 압축된 함성과 / 짠 눈물 기둥 세우려 기를 쓰던"이라는 구절을 통해 우리는 오직 시를 향한 시인의 숭고한 자세를 읽을 수 있다. 초는 정제된 소금 같은 맑고 풍부한 속살을 지니고 있다. 초는 촛불이 되기 위해 자신의 심지와 속을 흰색의 순결로 견고하게 채우고 다진다. 그 위에 그는 순결을 지키려는 듯 상아의 견고함으로 자신을 구축한다. 자신을 순백의 성채로 매끈하게 장식하는 것이 그 목적은 아니다. 오롯하게 타오르기 위해서 밀도 있게 자신을 다지고 티 없이 가꾸는 것이리라. 불꽃을 안고 순결하게 흐느끼기 위하여. 초가 오롯하게 타기 위해서는 심지가 곧아야 한다. 그리고 가능한 꼿꼿하게 흔들리지 않고 속으로 타야 소진된다. 오롯한 정진으로 눈물 기둥의 헌신을 바쳐야 한다. 그렇게 그대로 가야 한다.

　"제가 판 무덤 안에서 / 고독한 현자로 타오르는 저 촛불의 恨"에는 오롯이 자신을 태우는 삶, "제가 판 무덤 안에서" 불꽃을 정갈히 태우는 '초'와 오직 시를 위하여 잠 못 드는 '시인의 야윈 몸'이 오버랩 된다. 시인의 길은 고통의 길이다. 화자의 탄식은 외롭고 고독한 길이나 정해진 운명처럼 갈 수밖에 없는 시인의 길에 대한 의지를 우회하고 있다. 그럼에도, 그래서, 시인의 작업은 계속된다. 시인이 온몸을 태워 밝히고 지키려는 것은 과연 무엇일까.

　　새벽을 구기고 일어난 늙은 사내 하나
　　주린 몸 컴퓨터 앞에 차려놓고
　　세상과 대면하고 있습니다
　　얼마나 많은 시간 허송하면서
　　세속적인 것과 얽히고
　　신들려 했는지 무엇 하려고
　　詩 몇 줄에 누더기 같은 말 걸치면서
　　새벽마다 머리칼 빗어왔는지
　　헤아리려고 않고, 그는
　　또 하루 보내려 합니다 가구처럼
　　　－「가구처럼」 전문

　이 시에서 "늙은 사내 하나"는 잠을 구기고 주린 몸으로 컴
퓨터 앞에 앉는다. 그가 절박하게 대면하려는 것은 세상이
다. 그는 창구인 컴퓨터를 통해 세상을 읽고 진단하며 시적
진실을 남기려는 고단한 작업을 멈추지 않는다. 새벽마다 머
리칼 저며가며 힘들어하나 그 자리를 지키는 "가구처럼" 그
의 생이 다하는 날까지 그렇게 '신神/新들려' 살고자 한다. 이
것이 이유경이 취한 고유한 노년의 시간이며 그가 완성하고

자 하는 수미일관한 시적 삶이다.

시를 쓰고 세상과 소통하는 작업은 아무나 할 수 없는 고유하고 비상한 작업이다. 고통을 동반한 창작의 희열이야말로 시인의 다함없는 향락jouissance일 것이다. 흔히 노년의 즐거움을 맛보려면 불완전한 것을 수용할 수 있어야 한다고 한다. 인생이 불완전함을 인정하면서 동시에 긍정적인 태도로 삶의 각 단계를 충만하게 살며 노년을 준비해야 한다. 체념이 아닌 포기, 그리고 승화sublimation로 큰 쾌락의 대상으로 옮겨 가야 하는 것인데, 알듯이 예술과 문화, 종교에 대한 귀의가 그것이다. 진정한 승화의 시간은 쉽게 찾아오는 것이 아니다. 오랜 준비와 명상이 이러한 단계를 추동한다. 시간적 존재인 시인은 노쇠해짐을 막을 순 없으나 더디게 늙는 삶의 기술은 벌써 터득하고 있다.

「살아 있으니까」에서 시인은 "먼 들녘 가면 여문 씨앗들이 헤어지면서 / 다시 봄 엮는 소리 들을 수 있겠다"라고 확신에 찬 목소리로 읊조린다. 그러면서 환희에 찬 생의 비밀을 "골방에 갇힌 그 농부 알았을까"라며 되묻는다. "먼 들녘"과 "골방"은 대비적이다. 골방에 갇힌 옹색한 노인이 아니라 열리고 변화하는, 그리고 세상과 하늘의 일에 관심을 갖는 성숙하고 건강한 어른이기를 다짐한다. 이어 "새", "물고기", "나무"의 범상치 않은 존재 이유와 시적 치유 그리고 "빛 삼킨 어둠이 왜 빛을 내는지 따위"를 화두처럼 되새기며, 사유를 통하여 삶을 다져가는 방법을 우회적이나 따뜻하게 권한다.

아름다운 노년을 위해서는 이처럼 진정한 내려놓기가 필요하다. 노년이 찾아오면 나를 직업, 즉 '행동'으로 정의하는 경우가 점차 줄어든다. 이제 나는 '내가 어떤 존재인가'로 정의되어야 한다. 모든 것에 관심을 가져 더 인간적인 사람으로 성장해갈 수 있다. 그렇게 한다면 노년에는 그때까지 잊고 있었던 모든 것에 대한 관심을 되찾게 될 것이다. 시인은 태도의 변화가 반드시 필요함을 역설한다.

오래된 서랍에서 고물 손목시계 하나를 찾았다
내 열등의 기억들이 돌아오고
아프고 달콤한 과거가 째깍째깍 지나가는

낭패와 후회의 나날 삭이며
얼마나 많은 한숨 삼켰는지

늘 새로운 것과 만나러 달리던 이 바늘의 꿈
유리판 밑에 영원을 구겨놓고 있다
시간의 끝이 어디인지 알려주면서

우리 한때도 저 하늘서 눈물방울이 돼 있을까?
　　—「시계와 눈물」전문

　아들러는 노인이 갖는 콤플렉스를 '열등감 콤플렉스'라고 말하며 여러 양상을 지적하고 있다. 가정이나 사회적 삶에서 우두머리가 되어 명령을 내리고 존중받기를 원하며, 노화로 인한 열등감을 인정하지 않으려 하거나, 반면에 무기력과 무관심에 빠져버리는 것으로 그 양상이 드러난다는 것이다. 「시계와 눈물」에서 우리는 여전히 젊고 시적 열정을 태우고 있는 시인을 목도한다. 시인은 젊은 시절을 "내 열등의 기억"이라고 겸손하게 회상한다. 여기서 새삼 깨달은 것은 시를 향한 시인의 열망과 초조가 노년에 이르러서 생겨난 것이 아닌, 젊은 시절부터 만족을 모르며 시적 이상을 추구하는 단계에서 쌓인 최선을 향한 고뇌의 흔적이라는 것이다.
　노년은 갑자기 찾아온 새것이 아니다. 노년은 개별적 여정의 축적mileage을 통보받은 서신과 같은 것이 아닐까. 그렇기에 노년은 한 무리의 시간이 아니다. 진면목을 드러내는 마지막 성장의 단계이다. 여전히 젊고 아직도 현역인 이유경 시인의 시계는 재충전하여 가동할 듯 반짝인다. '나'와 주변의 삶에 뜨거운 관심을 갖고 자신을 증명하기 위해 허기를 느끼는 겸손한 시인은 보편자이고 개별자인 자신의 고유한 생을 증거한다. 삶을 위해 세상을 향해 궁극적인 질문을 던지고 죽음을 직시할 수 있는 사람, 하늘을 우러르다 가끔 종이비행기를 붕붕 날리며 천진하게 미소 지을 수 있는 염결성을 간직한 이유경 시인! 그의 '시계時計'는 여전히 "늘 새로운 것과 만나러 달리던 이 바늘의 꿈" 그대로 정확하게 움직인다.

시인의 이어지는 시계詩界가 궁금하다.

이유경

1940년 경남 밀양 하남 출생.
1959년 〈국제신문〉 신춘문예, 《사상계》「果樹園」3편으로 데뷔.
시집으로 『밀알들의 영가』(삼애사, 1969) 『하남시편』(일지사, 1975) 『초락도』
(문학세계사, 1983) 『구파발 시』(문학세계사, 1990) 『몇날째 우리 세상』(문학수
첩, 1998) 『겨울 숲에 선 나무의 전언』(아침나라, 2004) 『자갈치통신』(황금알,
2007)이 있으며, 시선집으로 『우리의 탄식』(고려원, 1986) 『풀잎의 소리들』
(문학사상사, 1988)을 펴냈다. 본명 이유곤.

바다로 간 강

—

초판 1쇄 2017년 12월 15일
지은이 이유경
펴낸이 김영재
펴낸곳 책만드는집

—

주소 서울 마포구 양화로3길 99 4층 (04022)
전화 3142-1585 · 6
팩스 336-8908
전자우편 chaekjip@naver.com
출판등록 1994년 1월 13일 제10-927호
ⓒ 이유경, 2017

—

ISBN 978-89-7944-639-5 (04810)
ISBN 978-89-7944-354-7 (세트)